LETTRE
D'UN ÉCLECTIQUE.

IMPRIMERIE DE A. BARBIER, RUE DES MARAIS S.-G., N. 17.

LETTRE D'UN ÉCLECTIQUE

DE LA

FACULTÉ DE MÉDECINE DE PARIS,

A UN MÉDECIN DE PROVINCE,

SUR LA NATURE ET LE TRAITEMENT

DE LA SYPHILIS.

PRIX : 1 FR. 50 C.

A PARIS,

CHEZ GABON ET COMPAGNIE, LIBRAIRES,

RUE DE L'ÉCOLE DE MÉDECINE, N° 10.

A MONTPELLIER, CHEZ LES MÊMES LIBRAIRES,

GRAND'RUE, N° 321.

1830.

AVANT-PROPOS.

Un jeune médecin, qui exerce son art avec beaucoup de succès dans un département de l'Ouest, m'écrivit, il y a quelques semaines, pour savoir si l'opinion de la majorité des médecins, sur la nature et le traitement de la syphilis, avait subi quelque notable changement dans ces dernières années. « Vous pouvez penser, me disait-il, que recevant par moi-même, ou par mes confrères, la plupart des journaux de médecine, je dois être au courant de tout ce qui se passe dans le monde médical. Cela est vrai en général; mais il n'en est pas de même de l'objet de ma demande. Il semble que ces journaux aient de la répugnance à s'en occuper. Ils se bornent ordinairement à annoncer tel ou tel ouvrage écrit dans les principes les plus opposés, et à l'accompagner de réflexions qui sont moins l'expression de l'opinion générale que de celle du rédacteur. Au milieu de toutes ces contradictions il est difficile d'avoir des idées fixes, lorsqu'on est loin du théâtre où se passent la plupart des faits invoqués pour ou contre. Éclairez-moi principalement sur ce que je dois penser du traitement anti-phlogistique, qui est l'objet de tant de critiques et d'éloges, et des préparations d'or dont quelques ouvrages récens ont vanté si haut les bons effets. J'attends de votre amitié ces renseignemens que votre habitude de suivre les cliniques, comme au temps de nos études, vous met à même de me donner. Avez-vous toujours à vous louer de la Mixture Brésilienne dans le traitement de la gonorrhée? etc. »

C'est la substance de ma réponse que je donne ici, après en avoir retranché tout ce qui, tenant à la forme de lettre, n'aurait servi qu'à faire des longueurs. On a toujours mauvaise grâce à s'excuser sur la rapidité de son travail, de n'avoir pas mieux fait; mais si l'on juge que j'aurais eu plus de raison de ne pas le publier, on me saura gré du moins d'avoir été court.

LETTRE

D'UN ÉCLECTIQUE

A UN MÉDECIN DE PROVINCE.

MON CHER CONFRÈRE,

Je m'étais déjà fait à moi-même les questions que vous m'adressez, et il me sera par conséquent moins difficile d'y répondre. Satisfait, si vous les trouvez suffisamment éclaircies, je ne me flatte pas de les avoir complètement résolues ; mais j'ai la certitude de n'avoir négligé aucune occasion de comparer, par les faits et par les résultats, chacune des méthodes sur lesquelles vous m'exprimez vos doutes. A défaut du talent nécessaire, j'avais, pour le faire avec avantage, une qualité non moins indispensable, celle d'un observateur désintéressé et entièrement étranger à tout système que je voulusse faire prévaloir. C'est par l'absence de ces conditions, que les mêmes objets ont été jugés si différemment par les esprits les plus éclairés ; que les uns ont trouvé éminemment utile ce qui a paru aux autres absurde ou abusif. L'on répète que les hommes tiennent beaucoup aux vieux erremens et aux idées anciennes dans lesquelles ils ont été nourris : on peut dire avec vérité qu'ils sont plus généralement portés à accueillir, à suivre les idées nouvelles, à s'y lancer avec enthousiasme, sauf à les abandonner ensuite avec indifférence, lorsqu'ils ont reconnu quelque chose de défectueux dans ce qu'ils avaient d'abord proclamé infaillible. Dans ces dernières années, la médecine physiologique a promptement réuni de nombreux suffrages : à peine née, elle a brillé de l'éclat le plus vif ; mais qui ne s'aperçoit pas que la faveur dont elle jouit tend déjà à baisser? Ce qui vient d'être dit de la médecine physiologique peut s'appliquer, dans des proportions plus modestes, aux diverses méthodes de traitement conseillées contre les maladies vénériennes. Il en est peu qui aient résisté aux épreuves du temps et de l'expérience; mais il n'en est peut-être pas qui, restreinte à des cas particuliers, ne puisse se montrer encore avec tous les avantages qu'on lui avait reconnus d'abord d'une manière trop générale. Lorsqu'on voit plusieurs hommes instruits se ranger à une nouvelle opinion pratique, on ne doit pas supposer qu'ils puissent être trompés tous, ou qu'ils veuillent tromper les autres ; et en admettant même que cette opinion soit vicieuse, on reconnaîtra ordinairement qu'il s'était mêlé à l'erreur quelque vérité qui les avait séduits. C'est ce qu'il sera facile de remarquer dans l'examen rapide, que je vais essayer, de quelques moyens employés contre la syphilis.

SPÉCIALITÉ DE LA SYPHILIS.

Il semblait, il y a peu de temps encore, qu'il ne restât plus rien à dire sur la syphilis, et qu'elle ne dût plus fournir de sujet de discussion qu'entre ceux qui veulent qu'elle ait existé de tout temps et ceux qui prétendent qu'elle a été apportée d'Amérique par les compagnons de Christophe Colomb : question purement historique, et qui ne touche ni à l'essence de cette maladie ni à son traitement. Tous les médecins paraissaient convaincus de son caractère spécifique et de la nécessité de la combattre par un traitement spécifique. Ce point établi, il ne pouvait y avoir de partage que sur le degré de confiance que tel ou tel moyen devait inspirer pour détruire un virus démontré par l'expérience de plusieurs siècles. Mais depuis quelques années, la doctrine de l'irritation ayant envahi toute la médecine, on n'a pas voulu souffrir que la syphilis restât une maladie privilégiée; et, quelque réfractaire qu'elle se montrât à tous les essais, il a fallu qu'elle passât sous le niveau commun.

La voilà donc devenue une simple inflammation, la voilà dépouillée en tout ou en partie, suivant le zèle et la hardiesse des réformateurs, de son principe virulent, de sa contagion, de son hérédité! On ne la contracte plus que par une disposition à l'irritation; ou, si on l'aime mieux, il faut être disposé d'une certaine façon pour la contracter. Que si l'on demande, après cela, si la syphilis est devenue une maladie rare, ils nous répondront que non, parce que l'homme est un être éminemment irritable.

Sans doute la syphilis n'est pas contagieuse au même degré pour tous les sujets et dans tous les cas; mais elle a cela de commun avec les maladies dont on révoque le moins en doute la contagion, avec la peste, avec la variole. Ne voit-on pas des individus chez qui l'inoculation de la vaccine est constamment sans effet, d'autres chez qui, nulle à une première et à une seconde tentative, elle réussit parfaitement à une troisième? S'il n'y a pas de règle sans exceptions, ces exceptions, très-rares, ne sont pour la syphilis, comme pour la peste, la vaccine et la variole, que le complément de la preuve, et l'on peut dire avec bien plus de raison qu'il faut être disposé d'une certaine façon pour ne pas la contracter. Il serait superflu de rappeler combien d'enfans infectant leurs nourrices ou infectés par elles, combien d'inoculations de syphilis par un simple baiser, par une écorchure aux doigts chez les accoucheurs et les sages-femmes! Quant à la voie de communication la plus ordinaire, c'est une vérité si triviale qu'on ne peut s'y arrêter un seul moment.

La syphilis est, dit-on, une simple inflammation! Sans doute, elle présente les phénomènes de l'inflammation, et les ulcères de la peau et des membranes muqueuses qu'elle détermine, et les écoulemens blennorrhagiques eux-mêmes sont des maladies inflammatoires, mais qui ont des caractères qui leur sont propres. Une inflammation ordinaire se développe peu après l'action de sa cause : un rhume, une pleurésie, après une suppression de transpiration; une gastrite après l'ingestion dans l'estomac d'une substance irritante. Sans chercher si loin des objets de comparaison, qu'une violence physique détermine des ulcérations aux parties génitales! qu'un excès de bière ou que l'introduction d'un corps étranger dans l'urètre cause une blennorrhagie! dans les deux cas ces effets se manifestent immédiatement. Mais des chancres, mais une blennorrhagie syphilitique surviennent toujours plus tardivement, et après une sorte de période d'incubation qui ne laisse pas de doute sur l'absorption d'un virus. Ce virus introduit dans l'économie et porté dans le torrent de la circulation, affecte successivement, s'il est abandonné à lui-même, les systèmes lymphatique, muqueux, cutané, fibreux et osseux. Il n'est pas d'organe qui échappe à son action délétère; il y détermine une foule de symptômes variés, mais qui tous se montrent toujours avec les mêmes caractères, dans le même ordre, sous la même forme, dans les mêmes tissus. Nul mal peut-être n'altère plus sûrement la génération dans ses sources les plus secrètes : Lorsque l'avortement n'en est pas la suite, trop souvent les mères mettent au jour des enfans morts, ou qui, nés prématurément, sont faibles et peu développés, et dont le visage offre déjà tous les signes de la décrépitude. S'ils n'apportent pas en naissant des signes de la syphilis, elle tarde rarement à se montrer, ou bien elle est remplacée par les affections cutanées les plus rebelles.

Quelle est l'inflammation que l'on puisse lui comparer, et dont la manière d'être ait la moindre analogie avec là sienne? Les partisans de l'irritation ont été obligés d'avouer que les maladies vénériennes ont un cachet qui leur est propre, mais ils tombent dans la contradiction quand ils disent que leur nature est la même que celle des autres maladies, qu'elles n'en diffèrent pas, et qu'elles sont toutes le produit d'une irritation. D'une irritation! à la bonne heure, mais au-delà de laquelle il faut encore chercher une cause spécifique. Après ce simple exposé, je ne pense pas qu'on puisse ne pas admettre, comme autrefois, l'existence d'un virus syphilitique, ou de tel autre agent, quelque nom qu'on lui donne, pourvu qu'on reconnaisse que lui seul est capable de produire la syphilis; que ce principe morbide est un, et que la manière dont il se manifeste varie seule. Sans doute on ne l'a ni vu ni touché; mais s'il échappe à nos sens comme tant d'autres choses que la raison nous fait admettre, son existence se révèle par des effets tout aussi irrécusables que ceux de l'irritation.

INCONVÉNIENS DES ANTI-PHLOGISTIQUES.

En combattant l'opinion de ceux qui ne veulent voir dans la syphilis qu'une inflammation ordinaire, on ne fait pas seulement la guerre à des mots et à des théories dont l'influence n'est d'aucune utilité dans la pratique. Ce sont les conséquences naturelles de ces théories, une pratique fausse et dangereuse qu'on veut repousser. La syphilis est une inflammation, disent-ils, donc son traitement doit être celui de l'inflammation, et tous les symptômes syphilitiques, quels qu'ils soient, ils les combattent par une diète plus ou moins sévère suivant le besoin, par le repos au lit prolongé jusqu'à la guérison, par des boissons délayantes et des topiques émolliens. Des potages et des fruits composent tout le régime; ce n'est qu'à une époque rapprochée de la convalescence que le pain est permis, et toujours en petite quantité. Il est inutile de dire que l'on a souvent recours aux évacuations sanguines; mais on recommande pourtant, dans certains cas, de ne pas trop insister sur les sangsues dont les piqûres tendent à s'ulcérer, aveu tacite du caractère virulent de la maladie qu'on nie tout haut.

Tel est le traitement qui, depuis plusieurs années, est employé par les partisans les plus chauds du système anti-phlogistique, par ceux-mêmes qui auparavant ne reconnaissaient d'autre remède que le mercure, et qui le proclamaient le spécifique de la syphilis. Ils vantaient ses vertus, ils racontaient ses cures, et maintenant ils le proscrivent comme un agent meurtrier. Rien peut-être n'est plus capable de conduire au scepticisme en médecine. Il faut avouer cependant que M. Broussais, tout en considérant la syphilis comme une inflammation, reconnaît qu'elle a quelque chose de spécifique, et qu'elle exige une médication de même nature.

On peut se demander si les observations de guérison par les anti-phlogistiques sont l'expression exacte des faits. Loin de nous de suspecter la bonne foi des médecins dont nous parlons; mais combien il est facile d'être trompé et par le malade et par soi-même, lorsqu'on est bien résolu de n'apercevoir les objets que sous un point de vue. On ne considère que les rapports de convenance, tous les autres sont négligés. En second lieu, le traitement est-il toujours aussi simple que celui énoncé plus haut? reste-t-il toujours celui de l'inflammation? le contraire arrive souvent. Quelques médecins lui adjoignent les diaphorétiques et les sudorifiques, quelques autres l'antimoine, la tisane de feltz sans mercure, des bains sulfureux et des bains de vapeur; même de petites doses de mercure, et l'iode, un des stimulans les plus énergiques du système lymphatique. L'on est moins surpris de voir les symptômes de la maladie céder à ces moyens, et l'on s'attend au moins à quelque aveu, à quelque concession. Point du tout, ils sont restés conséquens avec eux-mêmes, leur opinion n'a pas changé; ils ont traité une simple inflammation, mais en développant une irritation sur une partie plus ou moins éloignée du siège du mal; ce n'est point à des spécifiques, c'est à une inflammation dérivative que la guérison a été due.

Si le traitement anti-phlogistique, fondé sur la nature purement inflammatoire de la syphilis, est une chose nouvelle en médecine, il n'en est pas de même de ses principaux moyens. Déjà dans quelques pays du nord de l'Europe, en Suède et en Allemagne, on avait réduit la diète absolue en méthode curative de cette maladie : c'est ce que les médecins de ces pays appelaient *cura famis*. On conçoit que chez des malades forcés de vivre de leur propre substance, en un mot de décomposition, les engorgemens, les excroissances, les tumeurs de toute espèce, doivent disparaître rapidement par l'action des vaisseaux absorbans : mais l'extinction du mal doit-elle s'en suivre? C'est ce dont il est permis de douter. L'observation suivante nous offre un cas analogue, dans lequel la maladie reparut plus violente après un long temps d'une guérison apparente,

Un sous-officier avait contracté, pendant l'année 1810, des chancres et des bubons indolens, auxquels les mouvemens rapides de l'armée française en Espagne, ne lui avaient pas permis d'opposer un traitement convenable, lorsqu'il fut fait prisonnier par les Anglais et jeté sur les pontons, en Angleterre. Là, il fut soumis, jusqu'à sa rentrée en France, à cet horrible régime qui fit périr tant de nos malheureux compatriotes. A mesure que sa santé dépérissait, sa maladie syphilitique diminuait ; et il n'en portait plus aucune trace, lorsque la paix le rendit à sa patrie, dans un état affreux de maigreur et d'exténuation. Long-temps on désespéra de sa vie. Enfin il était à peu près rétabli, lorsqu'il se maria en 1818. Après avoir joui d'une bonne santé et mené une vie des plus régulières pendant plusieurs années, il fut pris de violentes douleurs, que l'on considéra long-temps comme rhumatismales ; mais des tumeurs sous le cuir-chevelu, des ulcères à la gorge, de larges exostoses aux os des avant-bras et des jambes, ne permirent plus de méconnaître la nature de la maladie. Pendant la durée du traitement, qu'on fut obligé d'interrompre à plusieurs reprises et de varier à l'infini, les symptômes les plus graves de la syphilis se développèrent successivement. Aujourd'hui il porte encore sur la face une dartre ulcérée, qui, après avoir détruit une partie des ailes du nez, paraît devoir enfin céder aux anti-scorbutiques et aux dépuratifs.

Disons-le donc, le traitement anti-phlogistique ne procure ordinairement que des guérisons incomplètes, et l'on est obligé de le terminer par une médication spécifique. L'on vient de voir que ses partisans ont souvent eux-mêmes recours à cette ressource, dont ils ont soin de décliner les véritables effets par des explications favorables à leur système. Ils avouent de nombreuses rechutes, et se retranchent derrière la facilité avec laquelle se guérissent les symptômes qui reparaissent. Les convalescens sont long-temps d'une faiblesse extrême, et souvent ils voient le mal renaître avec leurs forces. On peut comparer les exemples de succès par les anti-phlogistiques seuls à ces guérisons spontanées que chacun a pu voir, et qui laissent les malades exposés, quelquefois après des années de sécurité, à l'explosion d'une syphilis constitutionnelle. Or le système anti-phlogistique ne date encore que de très-peu d'années. Dans beaucoup de lieux, la longueur du traitement et le nombre des accidens secondaires y ont fait renoncer : en Angleterre, on assure qu'il a été proscrit par l'autorité. Dans les hôpitaux, on sait combien l'on a de peine à faire observer aux malades le régime prescrit pour les maladies fébriles. Celles qui nous occupent laissant ordinairement subsister l'appétit et le libre exercice des principales fonctions, tout est mis en usage par les malades pour éluder une diète qui leur est insupportable, et, ceci est caractéristique, pour se procurer des médicamens qui, disent-ils, puissent les guérir. L'on trouve donc inscrit sur les listes de guérison par les anti-phlogistiques, des gens qui n'ont rien moins qu'observé la diète, et qui ont pris du mercure. Enfin, dans les cas ordinaires, et hors des hôpitaux, ce traitement est presque toujours impraticable. On ne trouve pas facilement des malades qui consentent à s'imposer un régime sévère et un séjour prolongé au lit pour des maux qu'ils ont souvent le plus grand intérêt à dissimuler, et dont ils peuvent se débarrasser sans renoncer à des habitudes ou à des devoirs impérieux. Tout le monde est sans doute d'accord sur la nécessité de combattre les symptômes inflammatoires; c'est une vérité dès long-temps reconnue. Ce n'est que comme système absolu, exclusif, que le traitement anti-phlogistique est nouveau et veut être repoussé.

Un traitement spécifique est donc réclamé par la syphilis, et le raisonnement dans une maladie aussi extraordinaire, ayant dû céder à l'expérience, on a essayé et vanté successivement une foule de moyens parmi lesquels il s'agit de choisir. Les symptômes très-variés qu'elle peut produire, les formes diverses qu'elle revêt, surtout lorsqu'elle est ancienne, expliquent facilement le grand nombre de méthodes thérapeutiques qui lui ont été opposées, et ce nombre devra être infini si l'on fait attention que le charlatanisme, prompt à exploiter une source de profit toujours abondante, découvre périodiquement un remède qu'il donne comme infaillible contre toutes les nuances et toutes les formes de cette maladie. Toute méthode exclusive serait condamnable, quelque excellente qu'elle fût, et elle ne tarderait probablement pas à éprouver le sort dont le mercure lui-même a été menacé plus d'une fois. En vain son efficacité avait été constatée par une longue expérience, par tous les praticiens de tous les pays, on en abandonna presqu'entièrement l'usage pour recourir aux sudorifiques, on le reprit pour y renoncer de nouveau, et à chacune de ces révolutions on peut trouver une cause indépendante du caprice et de la mode.

DU MERCURE ET DE SES PRÉPARATIONS.

Après une proscription plus ou moins longue du mercure, l'insuffisance des moyens par lesquels on l'avait remplacé forçait d'y recourir encore, mais on retombait bientôt dans la même faute ; on l'administrait sans distinction dans tous les cas de syphilis, souvent à des doses excessives, comme le prouve une foule de formules qui nous sont parvenues, et de nouveaux accidens venaient encore ébranler ou même détruire la confiance qu'il avait inspirée. Ces accidens furent surtout multipliés tant que l'on crut que la salivation était une crise favorable et nécessaire à l'expulsion du virus. L'on continuait le traitement jusqu'à ce que cet effet, toujours fâcheux par lui-même, fût produit, et il n'était tenu aucun compte de la susceptibilité individuelle qui fait que chez les uns la salivation arrive dès le commencement du traitement, tandis que chez les autres elle ne survient jamais, ou seulement après un traitement assez long pour détruire la constitution la plus vigoureuse. Maintenant encore, quoiqu'on ne l'administre qu'avec une prudente réserve, la tradition des accidens autrefois produits, et dans quelques cas, il faut le dire, leur reproduction, aidée par l'entêtement et l'ignorance, entretiennent l'effroi des malades et la défiance des médecins. On peut même avancer que ces accidens n'ont pas peu servi à donner naissance au traitement anti-phlogistique. Nul doute qu'il n'ait dû souvent être appliqué avec succès aux malades irrités par les remèdes, et l'on aura cru guérir la syphilis. Le système est venu ensuite.

L'on a particulièrement insisté, pour prouver le danger du mercure, sur les tremblemens, les paralysies et les cachexies, auxquels sont sujets les ouvriers employés à l'exploitation et à la manipulation de ce métal, et l'on s'est récrié contre la témérité de ceux qui administrent à l'intérieur un remède aussi violent. Mais peut-on sérieusement comparer les effets du mercure altéré, modifié par des combinaisons chimiques, donné à petites doses et à de longs intervalles, avec ceux d'une atmosphère mercurielle, dans laquelle sont plongées en entier les vastes surfaces cutanée et pulmonaire? Au reste, ces vapeurs, si dangereuses, fournissent elles-mêmes des faits d'où l'on peut tirer des inductions favorables à l'effet anti-syphilitique du mercure. Le territoire d'Idria, dans le Frioul, repose presque en entier, comme on le sait, sur de riches mines de ce métal, et toute sa population est employée à son exploitation, et par conséquent exposée aux dangers qu'elle entraîne. Vers la fin du siècle dernier, la syphilis s'étant répandue dans tous les cantons voisins, y sévit avec une violence égale à celle qu'elle déploya dans les premiers temps de son apparition. Les habitans seuls d'Idria en furent exempts. Cette observation curieuse fournit quelque chose d'analogue à ce qu'on voit tous les jours dans les salles destinées au traitement des galeux. Personne n'ignore que les individus affectés à ce service sont préservés de la contagion par l'atmosphère sulfureuse dans laquelle ils vivent. Ici le soufre tue l'acarus de la gale, comme, dans la syphilis, le mercure paraît tuer le virus. Peut-être n'est-ce pas la seule analogie que l'on pourrait faire ressortir. M. Cullerier, l'oncle, n'était pas éloigné de croire qu'il existât dans les chancres, dans les pustules, etc., certains animalcules, comme on en rencontre dans les boutons de la gale. La nature et la manière d'agir des remèdes qui ont le plus d'efficacité contre la syphilis, ne rendent pas invraisemblable cette opinion.

L'abus ne doit pas être invoqué contre l'usage. Il y aurait autant de partialité à vouloir proscrire le mercure dans tous les cas, qu'il y aurait de danger à l'administrer dans toutes les circonstances et chez tous les malades. Il a existé dans tous les temps des médecins qui ont su en restreindre l'usage dans de justes bornes, et qui n'ont eu qu'à se louer de leur pratique, surtout depuis que l'on a cessé de regarder la salivation comme nécessaire à la guérison. C'est pour cette raison que la méthode des frictions, dont cet accident est un résultat trop commun chez les individus très-irritables, et dans les pays où la température est très-sujette à varier, compte tous les jours moins de partisans. D'ailleurs, plus que toute autre, elle inspire de la répugnance aux malades, par la malpropreté qu'elle entraîne, par les préparations qu'elle exige, et par la difficulté qu'ils ont à dérober le traitement à tous les regards. On ne les employe donc aujourd'hui assez généralement que comme remède local contre certaines affections syphilitiques, ou si quelquefois elles font la base du traitement, c'est lorsqu'on n'a obtenu que peu d'effet des médicamens pris à l'intérieur. Le calomélas, l'oxide gris de mercure, l'onguent mercuriel en pilules, sont encore conseillés quelquefois dans la syphilis primitive, mais ils ont aussi à un certain degré l'inconvénient de disposer à la salivation, et ils ne méritent que peu de confiance dans les affections invétérées. Le deutochlorure de mercure est toujours la préparation la plus usitée. Mais à la forme pilulaire il paraît plus convenable de substituer la solution aqueuse. En effet, outre que les pilules se dessèchent avec beaucoup de facilité, et que la dissolution s'en opère alors avec peine dans l'estomac, le médicament est sujet à s'altérer, et toujours trop rapproché, il est plus susceptible de produire une impression irritante sur les organes de la digestion. Rien de semblable n'est à craindre de la solution aqueuse, surtout lorsqu'elle est très-étendue, et que l'on distribue en plusieurs prises dans les vingt-quatre heures telle dose que l'on a l'habitude de faire prendre en une seule fois. Le sel mercuriel, en contact avec une grande surface, est alors promptement et entièrement absorbé, sans qu'il fatigue les tissus, et il jouit d'une plus grande action à des doses extrêmement faibles. Cette manière d'administrer le deutochlorure me paraît mériter la préférence sur toutes les autres. Malheureusement les nombreux avantages de ce médicament, qui permettent de le donner en secret et à très-petites doses, ont facilité les abus les plus crians. On l'unit journellement à des substances plus ou moins insignifiantes par elles-mêmes, et l'on annonce avec emphase des remèdes végétaux que les malades consomment sans crainte et sans ménagement, parce qu'ils ne croyent pas prendre du mercure.

Quelle que soit cependant la méthode que l'on adopte, il ne faudra pas trop insister sur le mercure, lorsque des symptômes locaux persisteront après un traitement jugé suffisant. Il n'est pas rare de voir, la cause syphilitique détruite, certains effets subsister des temps infinis, principalement des éruptions d'apparence dartreuse, des excroissances indolentes, des tuméfactions de la substance des os. L'on tomberait dans de graves inconvéniens si l'on suivait à la lettre le conseil que donnent des praticiens très-distingués, de continuer les remèdes, après la disparition des symptômes, un temps égal à celui qu'ils ont mis à disparaître.

Quelques sujets d'une poitrine faible, d'une constitution nerveuse et irritable, devront aussi n'être soumis à l'usage des mercuriaux qu'avec une extrême réserve, et peut-être même serait-il plus sage de les leur interdire entièrement. De même, un ou plusieurs traitemens par le mercure ont-ils été essayés sans un effet satisfaisant? Lors même que l'on a acquis la certitude que le défaut de succès dépend d'écarts de régime, d'une mauvaise administration du traitement ou de toute autre cause indépendante de son efficacité réelle, sans s'opiniâtrer à poursuivre la même préparation, il faut lui en substituer une autre, et mieux encore renoncer tout-à-fait au médicament. Mais dans l'état actuel de la médecine, et après les idées émises sur la nature de la syphilis, est-il possible de la combattre avec succès sans avoir recours au mercure? On le peut presque toujours; on le doit souvent.

INCONVÉNIENS DE LA CAUTÉRISATION.

Ici se présente d'abord, en dehors de toute médication spécifique, une méthode de traitement qui, si elle offrait des garanties suffisantes, mériterait, par sa simplicité et sa rapidité, de l'emporter sur toute autre ; je veux parler de la cautérisation. Appliquée sur les chancres et les ulcères récens, elle en décide quelquefois la prompte cicatrisation ; mais le plus souvent la guérison n'est qu'apparente ; ou bien ils reparaissent quelque temps après, ou, ce qui est plus fâcheux, des symptômes secondaires se développent tardivement, lorsque le malade, après une plus longue sécurité, en craint moins le retour. En effet, on conçoit facilement que la peau ou les membranes muqueuses étant ulcérées, et leurs vaisseaux mis à nu, il devra y avoir eu absorption du virus et infection profonde. Pour employer ce moyen avec quelque confiance, il faudrait saisir le moment même de l'apparition du mal, et alors même on ne pourrait pas être sûr que le travail d'absorption n'a pas commencé en même temps que l'ulcération. Il est plus prudent de réserver la cautérisation pour les symptômes locaux qui résistent à un traitement général.

AVANTAGES QUE PRÉSENTENT L'OR ET SES PRÉPARATIONS.

A la tête des spécifiques, qui peuvent remplacer le mercure, on doit mettre l'or et ses diverses préparations. Usité dès long-temps et préconisé contre la syphilis, il avait été entièrement décrédité, sans doute parce qu'on le préparait mal, parce qu'il était souvent administré avec du mercure, auquel on pouvait attribuer l'effet obtenu, et qu'on le donnait sans discernement à des doses exagérées. C'est au docteur Chrétien, de la faculté de médecine de Montpellier, qu'appartient le mérite d'avoir réhabilité ce médicament dont il a régularisé les doses et les formes de préparation. Trop de faits bien constatés par une foule de praticiens, et une trop longue épreuve militent en sa faveur pour qu'on puisse aujourd'hui en contester l'efficacité sans une partialité extrême. Rien de plus commode et de moins désagréable que son mode d'administration. A l'état métallique et très-divisé, à l'état d'oxide, à l'état de combinaison triple avec le chlore et la soude, on le donne à l'intérieur en dissolution dans un véhicule approprié, sous forme de tablettes ou de pilules, mais le plus souvent en frictions sur la langue et sur les gencives.

Comme on a reconnu nécessaire de varier les préparations du mercure, de même aussi l'on doit varier les préparations de l'or, suivant la susceptibilité du sujet et la nature des symptômes. Ainsi le chlorure d'or et de soude, étant le plus énergique, est préféré pour les adultes et employé en frictions, qui sont aussi le mode d'administration le plus actif. Mais si le sujet est jeune et très-irritable, si l'on a affaire à des enfans, à des femmes délicates et nerveuses, ou si le chlorure en frictions détermine trop d'irritation, on l'administre en solution dans l'eau distillée, ou bien enfin on lui substitue l'oxide d'or ou l'or divisé. De même, si la bouche et la gorge sont le siège d'ulcérations douloureuses, on remplace les frictions, dont l'action excitante se passerait alors trop près du lieu affecté, par les autres modes dont on vient de parler. Au contraire, croit-on utile de produire un effet plus marqué, on conseille simultanément le médicament en friction et à l'intérieur. Dans tous les cas, les doses doivent être très-faibles en commençant (un douzième de grain au plus pour le muriate d'or et de soude), et on ne doit les augmenter qu'avec lenteur et en étudiant l'effet du remède. Ce conseil souffre néanmoins quelques exceptions : ainsi l'on est quelquefois obligé de passer brusquement à des doses plus fortes, lorsqu'on ne remarque aucun effet apparent, et que les symptômes restent long-temps stationnaires. Les affections chroniques, surtout chez les sujets lymphatiques, réclament souvent la même marche. Il paraît aussi qu'il est utile de donner le médicament à des doses plus fortes dans les pays et dans les temps froids et humides. Dans toutes ces circonstances, la sensibilité étant moindre, il opère avec plus de lenteur, et l'on courrait le risque de n'obtenir aucun effet des doses ordinaires. En général la chaleur de la peau et l'accélération du pouls serviront de guides : elles existent toujours à un certain degré, et elles sont, avec l'augmentation des urines et de la transpiration, les signes d'une excitation qui paraît indispensable au succès de l'or.

Il existe beaucoup de rapports entre ses effets et ceux du mercure ; tous deux paraissent détruire de la même manière le principe de la syphilis ; mais comment cela a-t-il lieu? c'est ce qu'on ne peut pas plus expliquer pour l'un que pour l'autre. On s'est demandé, pour le mercure, s'il agit sur nos organes d'une manière médiate ou immédiate, par son application sur la peau et sur les membranes muqueuses, en excitant leurs nombreuses sympathies, ou par son absorption et son transport au milieu du système circulatoire. Sans chercher à concilier les assertions contradictoires sur la présence du mercure en nature à l'intérieur de nos organes, on peut dire que tout suppose son absorption, et le même raisonnement peut s'appliquer à l'or. Quant à ce dernier, il est certain qu'il modifie profondément l'économie, et en particulier les systèmes circulatoire et exhalant, comme le prouvent les sueurs et les urines abondantes, souvent un ptyalisme, mais bien différent de celui que cause le mercure, et quelquefois un mouvement fébrile qui paraît critique.

Les personnes qui ont fait une étude spéciale de ce moyen de traitement, considèrent comme indispensable de le continuer jusqu'à l'apparition d'une crise qui, pour eux, est un signe certain de guérison. Je n'ai pas toujours observé cette crise, ou du moins elle ne s'est manifestée souvent que par des effets à peine appréciables, et la guérison n'a pas été moins solide. Dans la syphilis invétérée le traitement ne fait pas toujours disparaître les symptômes locaux. Ce n'est qu'un certain temps après qu'il est terminé qu'ils cessent entièrement, quelquefois avec une lenteur extrême et d'une manière tout-à-fait insensible. Au contraire, dans des cas de syphilis primitive, on voit céder ces symptômes, dès les premiers jours, avec une rapidité incroyable; mais il serait dangereux de compter sur une guérison soutenue, et l'on doit continuer l'usage du remède pendant quelque temps encore.

Ainsi que le mercure, on ne devra prescrire l'or qu'après avoir préalablement traité les accidens inflammatoires. Il peut même être nécessaire de le faire précéder d'évacuations sanguines; mais on doit bien se garder de les employer sans une nécessité absolue. C'est une erreur de croire que les médicamens de cette classe agissent mieux chez des sujets plus affaiblis. La même observation s'applique aux purgatifs. En un mot, les préparations d'or n'excluent aucune des médications que peut comporter l'état particulier de chaque malade; ainsi l'on doit, suivant les cas, leur adjoindre soit les délayans, soit les amers et les toniques. L'exercice est toujours utile. Les bains tièdes sont les seuls qu'on doive recommander; mais on ne doit pas en abuser, car, en relâchant la peau avec excès, ils feraient plus de mal qu'ils ne feraient de bien en facilitant la transpiration.

On remarque presque constamment, chez ceux qui font usage de l'or, un appétit soutenu et même plus vif, et une grande régularité des fonctions digestives. Je n'ai pas autrement reconnu cette propriété exhilarante qu'on lui a attribuée. Souvent il excite un peu trop l'appareil sanguin, et occasionne des maux de tête, des vertiges, et une congestion de sang vers les vaisseaux hémorrhoïdaux. La suspension du remède pendant quelques jours, sa diminution, ou mieux la précaution de remplacer une préparation par une autre moins active, suffisent toujours pour ramener au degré convenable l'excitation voulue pour la guérison. Cette faculté d'exciter les vaisseaux dans une juste mesure l'a fait donner avec avantage aux femmes chez lesquelles la syphilis est accompagnée de cachexie et d'aménorrhée. Je le préfère au mercure dans toutes les complications des scrophules, chez les sujets menacés d'hydropisie, de phthisie, non cependant que l'on doive ajouter une foi implicite à tous les merveilleux effets opérés par l'or dans la phthisie, les scrophules, les dartres, les cancers. Peu s'en faut qu'on ne veuille nous le présenter comme un spécifique universel. C'est agir dans l'intérêt même du remède, que de restreindre beaucoup ces assertions imprudentes et ces éloges maladroits qui ne pourraient que compromettre la juste confiance qu'il mérite dans d'autres occasions.

Il est ordinairement inutile de seconder par des remèdes topiques le traitement par l'or. Néanmoins lorsqu'on a affaire à des ulcères rebelles, ou à des excroissances opiniâtres, on préfère à tout autre moyen l'application de ce remède, sous forme de pommade et incorporé dans du cérat ou de l'axonge. On assure qu'il ne manque jamais de cette manière, de calmer l'irritation locale, si vive qu'elle soit, et d'accélérer la disparition des symptômes. Je pense cependant qu'il vaudrait mieux s'en abstenir, s'il y avait beaucoup de sensibilité et de rougeur. L'on a encore employé comme traitement unique, l'application de l'or sur des plaies artificielles. Je n'ai pas vérifié ce fait.

En résumé, l'or fournit à la médecine un agent précieux, et à la syphilis un autre spécifique. Avec tous les avantages du mercure, il n'a pas ses inconvéniens. Tous les jours, de nouvelles observations viennent se joindre aux anciennes, et prouver son efficacité, qui n'est jamais si remarquable que lorsqu'on l'oppose à des affections qui ont résisté au mercure.

Une chose essentielle est le soin à apporter dans les préparations de l'or, qu'on a vu réussir ou échouer entre les mêmes mains, suivant qu'elles étaient exactes ou infidèles. Au reste, on ne doit pas oublier qu'il n'y a pas de remède toujours et absolument efficace. Le quinquina, quoiqu'il ait pu être sans effet dans certains cas, n'est pas moins considéré comme spécifique dans le traitement des fièvres intermittentes.

DES SUDORIFIQUES.

Après l'or et le mercure, il reste à examiner quelques moyens qui ne méritent plus une confiance aussi générale. On a reconnu depuis long-temps, dans les bois sudorifiques exotiques, une influence bien marquée sur les maladies vénériennes, mais on est obligé d'en restreindre l'emploi à quelques circonstances. Rarement conseillés dans les maladies récentes, parce qu'on a éprouvé leur peu d'utilité, ils ont plus d'effet contre la syphilis constitutionnelle; mais alors encore, quoiqu'on les ait quelquefois donnés seuls et avec succès, on les combine avec bien plus d'avantage avec les préparations de mercure ou d'or. C'est surtout contre les symptômes qui ont résisté à ces derniers médicamens, contre les exostoses et les ulcères rebelles, que les sudorifiques sont le plus efficaces pour compléter le traitement. A cette classe de remèdes doivent être rapportés tous les robs, les tisanes de Feltz, de Vigaroux, etc., dont ils forment seuls presque toute la partie active, lorsqu'il n'y entre pas de mercure. Ils n'agissent pas seulement comme sudorifiques, ils sont même loin de provoquer toujours des sueurs apparentes, sans que pour cela leurs résultats soient moins favorables. On doit donc leur reconnaître encore un autre mode d'action, sans doute la propriété de stimuler les organes d'une manière modérée mais soutenue.

DE L'IODE, DU CHLORE, etc.

L'iode, une des substances les plus actives et les plus diffusibles que la chimie ait découvertes, a été essayé contre la syphilis, après que l'on eut reconnu la manière énergique dont il modifie toute l'économie et particulièrement le système lymphatique. Ces essais ont été couronnés par le succès, mais ils ont besoin d'être renouvelés, pour qu'on prononce en dernier ressort sur sa vertu anti-syphilitique. On peut espérer du moins, d'après les faits connus, qu'il offrira de grandes ressources dans les syphilis anciennes, surtout dans celles qui s'accompagnent d'une sorte de diathèse glanduleuse. Déjà l'on avait obtenu de bons effets de l'iode uni au mercure, tant à l'intérieur qu'à l'extérieur, dans les engorgemens de nature syphilitique, et un des topiques les plus utiles dans les mêmes cas, est sans contredit la pommade dans laquelle on fait entrer l'hydriodate de potasse, avec ou sans addition d'iode. Si l'on voulait donner l'iode à l'intérieur, je préfèrerais à toute autre forme plus rapprochée, le mode d'administration recommandé par le docteur Lugol contre les scrophules; l'expérience attestant que tout médicament actif agit d'autant mieux, et irrite d'autant moins qu'il est étendu dans un véhicule plus abondant.

Les rapports du chlore avec l'iode sont si nombreux qu'on peut espérer d'en tirer un égal parti. Mais on ne saurait dire jusqu'à quel point l'extrême activité, qu'il communique au mercure et à l'or, rend vraisemblable son action sur la syphilis, s'il était administré libre de ces combinaisons.

Dans la longue nomenclature des remèdes réputés anti-syphilitiques, il en est beaucoup qui sont sans aucune espèce d'action, d'autres qui n'ont qu'une action accidentelle. Ainsi, chez des sujets affectés d'une ancienne syphilis, et disposés aux dartres, aux scrophules, etc., les symptômes apparens peuvent revêtir, à différens degrés, les caractères de ces diverses maladies, survivre à la destruction du virus, et ne disparaître entièrement qu'après l'usage des moyens employés contre les dartres, les scrophules, etc. C'est seulement de cette manière que l'on s'est bien trouvé de l'emploi de la douce-amère, de la ciguë, de la saponaire, de l'antimoine, etc. D'ailleurs ils jouissent aussi peu d'une vertu anti-syphilitique que la saignée, les purgatifs et les émétiques, qui sont quelquefois nécessités par les complications.

L'on avait aussi compté l'opium parmi les anti-vénériens proprement dits. Il est souvent d'un grand secours contre les accidens primitifs ou secondaires qu'accompagne une grande sensibilité, surtout contre les exostoses et les douleurs ostéocopes. Mais là se borne à peu près son action. On peut en dire autant des bains chauds simples ou médicamenteux, des bains de vapeurs sèches ou humides. Ils sont fort utiles, soit en calmant l'irritation, ou les douleurs générales ou locales, soit en déterminant un mouvement des liquides à la périphérie du corps, et en développant à un haut degré les fonctions de la peau, dans les affections syphilitiques cutanées, dans les engorgemens lents du tissu cellulaire et des articulations. Mais ils ne sont jamais qu'un moyen accessoire, et seuls, ils ne produiront qu'un effet passager. On sait que le passage dans un climat chaud a suffi souvent pour causer un amendement marqué, ou même la guérison apparente des symptômes les plus rebelles. Mais si l'on n'a pas secondé par d'autres moyens ces heureux résultats d'une haute température, ils cessent ordinairement avec elle, et le mal reparaît par le retour dans les pays froids. On peut encore faire observer que le séjour prolongé au lit, agit d'une manière analogue dans le traitement anti-phlogistique.

Il serait trop long d'entrer dans tous les détails du traitement, du régime à suivre pendant son cours, des accidens et des complications qui doivent le faire modifier. Tous les symptômes de la syphilis, quelque forme qu'ils revêtent, quelque différence apparente qu'ils présentent entre eux, cèdent aux mêmes moyens; et ce n'est pas une des moindres preuves qu'on puisse faire valoir en faveur de sa spécialité. Il y a cependant une exception à faire : cette exception est uniquement due à des circonstances locales, à une organisation particulière du tissu affecté, et on ne peut en tirer aucune conséquence contre ce qui a été dit précédemment, je veux parler de la gonorrhée.

TRAITEMENT SPÉCIAL DE LA GONORRHÉE.

La blennorrhagie, ou gonorrhée, est trop connue, ses symptômes et sa marche ont été décrits trop de fois, pour que je veuille entreprendre de les rappeler. Je vais seulement chercher à démontrer que, bien qu'elle reconnaisse la même cause et qu'elle soit de la même nature que les autres maladies vénériennes, elle forme cependant au milieu d'elles une maladie à part, qu'elle exige un traitement tout différent, et enfin qu'elle a aussi son spécifique.

Deux questions principales se présentent ici dans lesquelles toutes les autres viennent se confondre : 1° Doit-on, comme on l'a fait long-temps d'une manière générale, et comme beaucoup de médecins le font encore, se contenter de modérer les symptômes inflammatoires, et abandonner à lui-même l'écoulement qui se prolonge ainsi plus ou moins de temps? ou bien doit-on le supprimer de bonne heure? 2° Doit-on soumettre à un traitement vénérien proprement dit les malades affectés de blennorrhagie? Je vais examiner rapidement ces deux questions, et après les avoir discutées, je proposerai le traitement qui me paraît le plus convenable. Ce qui tient à l'essence particulière de la blennorrhagie, ce qui peut servir à la différencier des autres symptômes de la syphilis, trouvera sa place dans la discussion.

INCONVÉNIENS DES ANTI-PHLOGISTIQUES EMPLOYÉS SEULS.

Les médecins les plus recommandables ont long-temps voulu que l'on se bornât à faciliter par des boissons douces et diurétiques l'écoulement des urines et le dégorgement de la membrane enflammée, en laissant ainsi la maladie s'user d'elle-même. Beaucoup suivent encore cette méthode. Des tisanes de graine de lin, de chenevis, de racine de guimauve, de gomme arabique, etc., édulcorées et nitrées, des bains généraux et locaux, forment la base de ce traitement, auquel on adjoint une diète relative plus ou moins sévère, et l'abstinence de toutes les boissons excitantes. L'écoulement dure ainsi chez les uns six semaines ou deux mois, chez les autres, et c'est le plus ordinaire, un temps infiniment plus long. Alors la membrane muqueuse contracte une habitude de sécrétion qui, lors même que la maladie vient à cesser, la fait récidiver pour la cause la plus légère. Les malades restent exposés à des inquiétudes continuelles, et bien souvent le repos des familles se trouve compromis. On ne sera pas taxé d'exagération en rappelant les suites qu'entraînent après elles ces fluxions répétées sur la membrane urétrale, son épaississement et la tuméfaction des follicules muqueux, l'extension de l'inflammation, qui dans le commencement est très-circonscrite, à la totalité du canal; enfin toute cette série de hideuses maladies des voies urinaires, les rétrécissemens, les fistules, les engorgemens de la prostate et les catarrhes de la vessie.

NÉCESSITÉ D'ARRÊTER PROMPTEMENT LE COURS DE LA GONORRHÉE.

Pour obvier à ces résultats fâcheux, on a toléré d'abord, puis conseillé la pratique des injections résolutives et astringentes dans le canal de l'urètre, avec les sulfates de zinc ou de cuivre ou l'acétate de plomb liquide, et à l'intérieur l'usage des toniques et des astringens, mais seulement vers le déclin de la maladie, c'est-à-dire à une époque où la membrane a déjà pris l'habitude du mal, et ne peut pas toujours être modifiée par ces moyens avec les mêmes avantages et la même innocuité. En effet, appliqués tardivement, les astringens manquent souvent le but qu'on se propose, ou bien la suppression de l'écoulement est quelquefois suivie d'accidens plus fâcheux, tels que le transport de la maladie sur les testicules, les yeux ou les articulations; accidens que tous les auteurs avouent survenir vers la fin des blennorrhagies et presque jamais dans leurs premières périodes.

Une autre cause qui entretient les flux chroniques est l'abus que font communément les malades des boissons mucilagineuses : l'estomac est fatigué, les fonctions digestives s'altèrent, et particulièrement les organes urinaires tombent dans un état d'atonie qui réclame un long régime et l'emploi des amers et des ferrugineux.

Tout ce qui vient d'être dit acquiert encore plus de force, s'il est question de la gonorrhée des femmes. C'est chez elles surtout que l'humidité plus grande des parties génitales, et la disposition fréquente aux flueurs blanches rendent réellement interminables les écoulemens traités par une méthode trop relâchante.

Signaler les inconvéniens qu'entraîne après elle la prolongation de ces maladies, c'est suffisamment annoncer qu'il est avantageux de les arrêter dans leur marche, comme il sera dit tout à l'heure.

Les opinions n'ont pas été moins partagées sur la nature essentielle de la blennorrhagie. Les uns ne l'ont considérée que comme une inflammation locale due, il est vrai, à un principe âcre, assez actif pour communiquer le mal, mais incapable de produire aucun des symptômes de la syphilis avec laquelle ils ont nié qu'elle eût aucun rapport. Les autres, et c'est la majeure partie des médecins français, admettent que la blennorrhagie est d'une nature tout-à-fait identique à celle de la syphilis, et la regardent comme pouvant entraîner après elle tous les résultats de l'infection générale. Ils recommandent donc hautement de traiter l'écoulement par les anti-vénériens, toutes les fois que l'on a quelque raison de suspecter sa source. On conçoit combien est obscure une telle indication, puisqu'ils avouent eux-mêmes l'insuffisance des moyens propres à distinguer la blennorrhagie vénérienne de celle qui ne l'est pas. Ne rencontre-t-on pas tous les jours dans la gonorrhée la moins suspecte la violence de l'inflammation, l'intensité de couleur de la matière secretée, l'opiniâtreté de l'écoulement, à un plus haut degré que dans celle qui s'accompagne des symptômes vénériens les moins équivoques? Devra-t-on par prudence, ou par déférence pour des principes, appliquer un traitement anti-syphilitique à toutes les blennorrhagies que l'on juge communiquées? Certes, on a été trop loin lorsqu'on a voulu proscrire ce traitement d'une manière absolue. Nous croyons avoir démontré que, hors le cas qui nous occupe, il est d'une indispensable nécessité. Mais on doit d'autant plus désirer de ne l'employer dans la gonorrhée que lorsqu'il est nécessaire, qu'il retarde plus qu'il n'avance la guérison de l'écoulement. Sous ce rapport l'or n'est pas plus heureux que le mercure. Dire qu'on regarde la blennorrhagie et la syphilis comme étant de nature identique, est une concession assez large pour repousser tout soupçon d'une opinion exclusive, mais dans laquelle il ne faudra pas trouver une contradiction, lorsqu'on ajoutera que la blennorrhagie ne doit pas faire craindre une contagion syphilitique ultérieure, si ce n'est dans des cas qu'il est ordinairement facile de déterminer. Cette opinion a été celle de plusieurs médecins, et à leur tête on doit placer Swédiaur, dont le nom est une autorité assez imposante en semblable matière. Je vais essayer de développer en peu de mots cette proposition.

Le virus syphilitique appliqué immédiatement à l'ouverture de l'urètre, y détermine une inflammation qui s'étend à la partie antérieure de ce conduit jusqu'à l'endroit appelé la fosse naviculaire, mais qui reste superficielle, érysipélateuse, et qui ne tend ni à excorier ni à ulcérer la membrane. Celle-ci, essentiellement exhalante, réagit contre le virus, devient le siège d'un mouvement fluxionnaire, et laisse exsuder un liquide puriforme; de là l'écoulement. C'est ainsi que se passent les faits, et tels ils se sont montrés dans les essais qui ont été tentés pour établir l'identité de nature de la syphilis et de la blennorrhagie : le pus d'un ulcère vénérien, porté à l'aide d'une bougie sur la membrane urétrale, a donné lieu à une blennorrhagie sans autre symptôme de vérole. Si, par une disposition particulière, une partie non recouverte d'une membrane muqueuse est irritée par le virus de telle sorte que la faculté exhalante soit tout-à-coup développée, le même effet aura lieu que si le virus était en contact avec la muqueuse de l'urètre ; il n'y aura pas d'infection générale, et un écoulement puriforme surviendra là où se serait développé un chancre ; c'est ce qu'on observe dans les gonorrhées du gland et du prépuce.

Mais si l'inflammation persiste trop longtemps, elle pourra s'étendre, user peu à peu le tissu de la membrane, endurcir et ulcérer les follicules muqueux, et alors le système absorbant jouera le principal rôle, et l'infection générale pourra survenir et nécessiter un traitement anti-syphilitique. L'on sera averti de cette complication par des signes difficiles à méconnaître : après une durée plus ou moins longue de l'écoulement, la douleur qui avait tout-à-fait cessé ou qui du moins était faible, ne paraissait que lors de l'émission des urines, et se rapportait toujours à l'extrémité du gland, devient plus vive, s'accompagne d'un sentiment de brûlure et d'érosion, reste continue, et naît toujours d'un ou de plusieurs points bien distincts de l'étendue du canal de l'urètre. Les doigts appliqués à ces mêmes points, y découvrent ordinairement un ou plusieurs engorgemens, comme des noyaux ou des tubercules, dont la pression augmente la douleur. En même temps la nature de l'écoulement n'est plus la même : il s'y mêle d'abord quelques stries de sang ; la matière en est bientôt uniformément colorée ; enfin elle n'est plus qu'un pus sanieux et fluide. Ces accidens fournissent une nouvelle indication d'une prompte guérison.

Dès que la blennorrhagie aura été reconnue, on devra s'occuper de la guérir, sans se laisser arrêter par les préjugés dont on a fait connaître les funestes conséquences. On devra toutefois avoir égard aux symptômes inflammatoires, et s'ils étaient trop violens, ce qui n'arrive pas ordinairement dans les premiers jours, il faudra les combattre promptement. Qu'on se rappelle cependant qu'une douleur plus ou moins vive rapportée au gland, que de l'ardeur en urinant et des érections toujours fatigantes, sont des effets presque inséparables de la maladie, et qu'il ne faut pas attendre la fin d'une inflammation modérée, mais seulement combattre l'excès de l'inflammation. Une excessive douleur, des érections continuelles, des ténesmes, la dysurie exigent le repos, l'application de sangsues plus ou moins nombreuses, les bains locaux ou généraux, des cataplasmes émolliens, des boissons douces et une diète plus ou moins sévère. Les sangsues seront appliquées, suivant le siège de la douleur, dans toute l'étendue du canal de l'urètre, au périnée, à la racine de la verge, sur les os pubis, et même sur le gland, autour de l'orifice de l'urètre. On a paru craindre de les appliquer sur l'urètre même; mais je n'ai jamais vu résulter le moindre accident de cette pratique, dont les bons effets constans résultent sans doute de ce que ce conduit est ordinairement le siège de la cuisson la plus vive. Des injections tièdes, mucilagineuses ou huileuses, avec addition d'opium, mais faites avec la plus grande précaution pour ne pas irriter la membrane, sont souvent utiles pour calmer les douleurs excessives qui ont résisté à l'application des sangsues.

DANGER DES INJECTIONS.

L'inflammation devenue modérée, ou, de prime abord, si elle n'est pas intense, on conseille l'emploi des moyens propres à ralentir le flux blennorrhagique. Des médecins, surtout en Angleterre, ont vanté, dès le début de la maladie, les injections astringentes; mais leur effet a paru généralement infidèle par la phlogose ou trop forte ou trop faible qu'elles produisent, ou nuisible par la suppression trop brusque de l'écoulement.

INSUFFISANCE DU POIVRE CUBÈBE.

Dans ces derniers temps on a recommandé, comme un remède merveilleux, le poivre cubèbe pris en poudre à une dose assez forte, de deux à quatre gros par jour. Mais outre qu'il n'offre aucun avantage dans les gonorrhées chroniques, et que son action est à peu près nulle dans celles des femmes, il est très-sujet à irriter les intestins et le col de la vessie.

AVANTAGES QUE PRÉSENTENT LES PRODUITS DES TÉRÉBINTHACÉES, ET PARTICULIÈREMENT LA MIXTURE BRÉSILIENNE.

C'est dans les produits des térébinthacées qu'on s'est accordé à rechercher je dirai presque l'antidote de la blennorrhagie; et telle est en effet leur action dans cette maladie, qu'on peut les considérer comme de véritables spécifiques. Mais le copahu, le remède le plus énergique de cette classe, pur ou mal déguisé, est d'un goût repoussant, et fatigue singulièrement les organes de la digestion. On a donc eu recours à une foule de combinaisons de ce baume et de ses succédanées avec d'autres substances: de là, tant de préparations et de recettes diverses dont il n'est question de faire ici ni l'éloge ni la critique. L'une d'elles, dont il va être parlé avec quelques détails, la mixture brésilienne, connue depuis plus long-temps que les autres, fait valoir en sa faveur les faits les plus nombreux et les mieux constatés qui sont toujours les meilleures garanties.

Je vous avais annoncé, il y a déjà long-temps, que j'en avais obtenu de très-bons effets dans un grand nombre d'occasions. Je vais vous citer une autorité qui sera pour vous d'un bien autre poids que la mienne. Voici textuellement ce qu'en dit M. le professeur Broussais dans les Annales de la médecine physiologique. En même temps que vous y verrez l'opinion de ce grand praticien sur ce médicament, vous aurez la preuve qu'il est moins exclusif que beaucoup de ceux qui suivent sa doctrine, et qu'il est loin de rejeter tous les moyens qui, dans sa manière de voir, doivent être considérés comme des irritans. Après avoir parlé du baume de Copahu, il ajoute : « Malgré les précautions les « plus multipliées, il n'arrive que trop souvent « que ce remède, tel qu'on l'emploie communé« ment, ne produit pas tout l'effet qu'on en es« père. La difficulté consiste à trouver une pré« paration qui le rende supportable au palais, « soluble dans l'estomac, et qui permette de le « prendre en quantité suffisante pour produire « tout son effet. La potion dite de *Choppart* est

« mal combinée, produit souvent des super-« purgations et laisse des gastro-entérites. Le « baume de Copahu, pris en substance, se « dissout difficilement dans les voies gastriques « où il forme corps étranger, ce qui nuit à son « absorption et paralyse sa vertu.

« Il est une autre préparation inventée par « monsieur Lepère, pharmacien à Paris, de-« meurant place Maubert. Ce chimiste réduit le « baume de Copahu en une pâte dont on peut « faire à volonté des pilules que l'on avale sans « aucun dégoût, et en une mixture qu'il appelle « *brésilienne*, qui se prend par cuillerées, et à « laquelle on s'habitue facilement. C'est par le « baume de la Mecque, et par les stigmates « de safran, que M. Lepère agit sur le Co-« pahu... Nous pensons qu'on peut l'employer « avec un grand succès dans les blennorragies « anciennes et mêmes récentes, chez les per-« sonnes qui ont subi les préparations sus-indi-« quées (un traitement anti-phlogistique préa-« lable), ou chez celles qui n'ont pas l'estomac « trop irritable; car nous l'avons expérimenté, « et nous lui avons reconnu une action révul-« sive, plus douce et plus efficace qu'à toutes

« les préparations rivales... Ainsi nous forme-
« rons des vœux pour que nos confrères veuil-
« lent essayer ce remède, *servatis servandis*. S'ils
« obtiennent des succès semblables aux nô-
« tres, M. Lepère aura rendu un vrai service à
« tous ces porteurs d'écoulemens rebelles, qui
« n'ont pour perspective que la coarctation de
« l'urètre, et la difficulté d'uriner, qui en est
« la suite. »

Suivant M. Broussais, cette préparation n'agit qu'à la manière des révulsifs, et rentre dans ce qu'il appelle la méthode de contrestimulation. On sait qu'il reconnaît encore une autre méthode de traiter la blennorrhagie, celle de la sédation directe. Elle n'est autre chose que le traitement anti-phlogistique, qui lui-même est recommandé, comme nous l'avons vu plus haut, chaque fois que la nature des symptômes inflammatoires paraît l'exiger. Mais je pense que le mode d'action de la mixture brésilienne n'est pas tel que le prétend M. le docteur Broussais, et qu'elle a au contraire quelque chose de spécial, puisque toute secousse violente imprimée aux organes par le médicament, contrarie plus qu'il ne favorise son action, et qu'il agit toujours d'autant plus sûrement qu'il détermine moins de trouble dans l'économie. Quant aux craintes d'irriter l'estomac, elles sont exagérées, et l'expérience démontre qu'elles n'ont aucun fondement, toutes les fois que ce médicament est convenablement administré.

Je pourrais citer à l'appui de ce que j'avance, la Gazette de Santé, dont l'opinion n'est pas moins favorable à la mixture brésilienne. Elle établit parfaitement que ce médicament ne peut pas être regardé comme un irritant révulsif, et qu'il ne doit pas faire redouter la gastrite. Mais je me suis déjà laissé entraîner au-delà des bornes que je voulais mettre à une simple lettre, et je vous renvoie au journal lui-même, (5 février 1825). Je terminerai en indiquant quelques précautions à prendre dans l'administration de ce remède, et qui m'ont paru nécessaires pour en obtenir tout le succès possible. Vous savez qu'il existe sous forme de pâte et sous forme liquide. Chaque dose de la première préparation doit être mâchée, ou mieux sucée pendant quelque temps avant d'être avalée, ou bien, si on éprouve quelque répugnance à le faire, quoiqu'elle ne soit pas désagréable, on doit la partager en petites fractions qu'on avale successivement. De cette manière, elle se digère plus facilement, l'absorption en est plus prompte et l'effet plus certain. Quant au remède liquide, s'il purge ou s'il détermine des soulèvemens d'estomac, il faut en diminuer la dose en proportion de l'effet produit, et cela sans craindre qu'il cesse d'agir. La susceptibilité nerveuse, plus que la force réelle des individus, doit servir de guide : telle dose que supporte très-facilement une femme délicate, peut incommoder un homme robuste. Souvent on est obligé de n'en prescrire que quelques gouttes, qui passant facilement et bien digérées, agissent plus sûrement qu'une quantité plus grande qui est rejetée par les selles. Il est donc vrai de dire que la mixture brésilienne n'agit, ni en purgeant, ni en déterminant une révulsion quelconque sur le canal intestinal. S'il en était autrement, les drastiques pourraient la remplacer, et l'on n'ignore pas combien ils sont dangereux.

Administrée à petites doses qu'on augmente progressivement, elle est d'une grande utilité contre les catarrhes de la vessie, lorsque la période d'acuité est terminée.

CONCLUSIONS.

De tout ce qui précède, je crois pouvoir tirer les conclusions suivantes : La syphilis est due à un principe *sui generis;* elle est contagieuse, héréditaire, et réclame une médication spéciale. Les conditions exigées d'un médicament, pour être considéré comme spécifique, ne se sont rencontrées jusqu'à présent, d'une manière absolue, que dans l'or et le mercure. Les autres moyens de traitement, ou n'ont pas été suffisamment éprouvés pour mériter ce titre, ou ne conviennent réellement que dans les cas de complication, et dans des circonstances accidentelles. L'inflammation qui l'accompagne ordinairement, n'est elle-même qu'une complication. Enfin, quoiqu'elle soit de la même nature que la syphilis, la gonorrhée en diffère essentiellement à certains égards. Elle veut un traitement à part, et entre tous les moyens connus, la mixture brésilienne mérite la préférence.

TABLE.

www.ingramcontent.com/pod-product-compliance
Ingram Content Group UK Ltd.
Pitfield, Milton Keynes, MK11 3LW, UK
UKHW020210200726
13856UKWH00004B/1307

9 782013 393713